AF233669

*Yb

Ye

213.0

EPISTRE

A MONSIEUR

DE LA MOTTE.

Sur sa traduction de l'Iliade.

Par Monsieur. **L. D. J.**

EPISTRE

A MONSIEUR

DE LA MOTTE.

Sur sa traduction de l'Iliade.

LA MOTTE, c'est en vain qu'un Partisan d'Homere,
Fait de ta noble audace un projet téméraire,
Et condamne les traits dont ta Muse a fait choix
Pour peindre ce vieux Grec avec un air François.
Ris de ses vains discours ; ta riche Poésie
N'offre point un tableau tracé de fantaisie ;
Je reconnois toûjours ton grand original ;
Son esprit tout entier passe par ton canal :

Voulant le transporter d'un climat dans un autre,
Il falloit ménager & son goût & le nôtre ;
Homere dans nos jours, naissant sous nôtre Ciel,
Sur d'autres fleurs peut-être auroit cherché son miel ;
Ta Muse sans toucher au fond de son ouvrage
Ne lui donne qu'un air conforme à nôtre usage ;
Ton art le deplaçant ne l'a point derangé,
Et change en ses écrits, ce qu'il auroit changé ;
La raison de sa Muse eût guidé les lumieres,
Il eût pris de nos jours les mœurs & les manieres ;
Homere comme toi, traduiroit aujourd'hui,
Et dans son tems la Motte eût écrit comme lui.

Un Traducteur n'est pas un languissant copiste,
Qui suit à pas tremblans son auteur à la piste ;
Il en prend la pensée, il imite son tour,
Il montre le tableau placé dans son vrai jour,
Fidelle, mais hardi, loin d'un essor timide
Il conduit quelquefois le Maître qui le guide ;
Moins exact traducteur qu'héroïque écrivain,
Sans s'attacher aux mots, il suit son feu divin ;
Mais sage toutefois dans ses nobles licences,
Du modelle au portrait marque les ressemblances.

C'eſt ainſi que d'Homere en tes vers refondu

Tout l'eſprit eſt paſſé dans le tien confondu ;

C'eſt un vieux or noirci que ton adreſſe émaille,

Tu deroüilles les traits d'une antique medaille,

Par ton art enchanteur tout entier reproduit,

Ce fameux Grec renaît plus vivant que traduit.

 Quelque grand que ſoit l'art qui polit la matiere,

Des grands Originaux la grace toute entiere

Ne peut être renduë, & pour les imiter

Une ſeconde fois il les faut enfanter ;

Sans cet art, du lecteur l'attente peu remplie

Trouve de leurs écrits l'excellence affoiblie,

Cherche dans le François l'inimitable fleur

Que ne peut nôtre langue enlever à la leur.

 Tel & diſciple & Maître en ſes beaux vers Virgile

Montre Enée enrichi des dépoüilles d'Achille,

Prend les traits dont il peint la ſuperbe Junon

Du pinceau qui traça le fier Agamemnon.

Par là, Sophocle encor ſur la ſcene tragique

Pouſſe dans nôtre langue une plainte heroïque ;

D'Euripide en François les ſçavantes douleurs

Dans les vers de Racine ont fait couler nos pleurs ;

A iij

Dom Lope transformé par l'art du grand Corneille
Fit éclore du Cid la fameuse merveille ;
Tout l'esprit de Tacite est dans Britannicus ;
Virgile fait parler Andromaque & Pirrhus ;
La Romaine fierté du vieux pere d'Horace,
Chez Tite-Live a pris son intrépide audace.

Tel on vit Dablancourt par ses doctes travaux
Enfanter & traduire en ses hardis tableaux,
Et de ses versions la grace originale
Des Grecs & des Latins devenir la rivale ;
Plus admirable encor le celebre Boileau
Orna d'heureux larcins son critique pinceau,
Fit passer dans ses vers, un esprit qui remplace
Le sens de Juvenal & tout le sel d'Horace.
Sur les illustres pas de ces rivaux fameux
Original ensemble & traducteur comme eux,
Et des siecles passez justifiant l'estime
D'Homere tu soûtiens la majesté sublime.

C'est par un long travail dans les âges divers
Qu'à son point le plus haut s'eleva l'art des vers ;
De leurs mots cadancez la douceur attraïante
Par degrez dénoüa la raison bégayante ;

Dans les bornes du vers l'Oracle renfermé
En fut plus vivement dans l'esprit imprimé.

En ces tems reculez dont quelques traits d'histoire
Ont à peine percé l'obscurité si noire,
Où les rayons du vrai sous la fable couverts
Jadis pour l'éclairer ont trompé l'Univers,
Homere vit le jour ; Héros du premier âge,
De la nature en lui l'on admire l'ouvrage ;
Sous des traits fabuleux couvrant la verité,
Il fut donné pour maître à la posterité,
Debrouilla le cahos de l'ignorance humaine,
Un fleuve d'or coula de sa feconde veine ;
Hardi, dans la Carriere il entra des premiers,
A ceux qui l'ont suivi traça d'heureux sentiers ;
Ses vers ont repandu, des arts & des sciences
Dans la suite des tems, les fécondes semences,
Reste sauvé du sort de tant de doctes fruits
Que les tems ont rongez, que la flame a détruits,
Et qui de l'Avenir perçant la nuit profonde,
Doit être en sa durée aussi long que le monde.
Entre elles sept Citez disputerent l'honneur
D'avoir de l'univers enfanté ce bonheur,

A iiij

Et de son vrai Pays l'inconnuë Origine
Fit presque imaginer sa naissance divine.
Dans le tour de ses vers, sublime, harmonieux,
Il peint tout ce qu'il touche, il le presente aux yeux ;
Mais malgré son beau feu, quelquefois il sommeille ;
Attentive sur lui ta Muse le reveille.

Osons le dire ; on mesle un peu de passion,
Au zele admirateur du chantre d'Ilion,
Nôtre oreille en cent lieux de ce grand nom frappée
Dispose en sa faveur l'ame préoccupée ;
C'est un sacré dépost reçû de nos Ayeux,
Qu'en mourant nous laissons encor plus précieux,
Aux sauvages climats, chez les peuples farouches
Il va de siecle en siecle, & de bouches en bouches,
Il y traîne avec lui l'héréditaire bruit,
Qui toujours augmentant dans sa course le suit ;
Mais aprés tout, sa plume en merveilles féconde,
Porte les traits naissants de l'enfance du monde,
Les derniers coups manquant au tableau retouché
Laissent voir du sublime un chef-d'œuvre ébauché ;
De ses lecteurs pour luy ménageant les suffrages,
Tu cueilles avec art la fleur de ses ouvrages,

Et dans ce choix réglé sur le goût d'aujourd'hui
Tout est digne de toi , tout est digne de lui.

   Dans un discours flateur qui déja te fatigue
Je ne viens pas ici, de mon encens prodigue ,
Et t'ajugeant un prix que tu ne cherches pas ,
Te donner sur Homere , au Parnasse le pas ;
Sans effacer les traits dont j'ai peint son image ,
Quand j'ose te loüer , je sçais lui rendre hommage ,
Et je verrois sur moi retomber tout l'affront
En touchant aux lauriers qui consacrent son front :
Toi même aux yeux de tous , l'as reconnu pour maître,
Avec toi j'y souscris , il est digne de l'être ;
Mais pour ne rien laisser en ses vers d'imparfait ;
Il falloit les traduire , ainsi que tu l'as fait.
Tu l'as peint different , mais égal à lui-même ,
Dans un lustre nouveau , mais dans son rang suprême
Ce qu'il perd d'un côté, de l'autre il l'a repris ,
Tu changes l'or en or , & lui rends prix pour prix ;
Mais il faut pour juger l'une & l'autre excellence,
Un esprit juste & droit qui tienne la balance ,
Et qui de vos écrits faisant comparaison ,
Pese esprit pour esprit , & raison pour raison.

Où prendre ce lecteur dont le suffrage libre

Du vrai discernement conserve l'équilibre ?

Pour Homere, il est vrai par un charme inconnu

Le monde de concert ne s'est pas prévenu ;

Mais il faut l'avoüer, s'il étoit moins antique ,

Son Poëme en nos jours auroit plus d'un critique ;

Un Lecteur dédaignant la belle nouveauté

Dans la roüille souvent croit voir une beauté ;

Des Auteurs anciens les lauriers reverdissent ,

Sur le front des nouveaux les couronnes flétrissent ,

Des siecles reculez le seduisant lointain ,

Grossit l'objet confus d'un mérite incertain.

Loin de le dépoüiller de sa gloire ancienne ,

Tout siecle à sa loüange ajoûte encor la sienne.

  Ainsi l'erreur commune en rehaussant son prix

Du naufrage des temps illustre le debris ;

Les ans consacrent tout. L'Antiquaire idolâtre ,

Le ciment tout noirci d'un vieil amphitéatre ,

Les Portraits des Césars sur le bronze gravez

Et les gothiques traits sur l'airain conservez ;

Ainsi le Chantre grec brille de cette gloire

Que l'antique suffrage attache à sa memoire ;

Prévenus d'un respect presque religieux

Des taches de ses vers nous detournons les yeux,

Et dans ce grand esprit que le monde revere

Le soupçon d'un deffaut nous semble téméraire.

  Mais le zele éclairé du sage admirateur

Ne l'en fait pas en tout aveugle adorateur ;

L'amour ne lui met pas un bandeau fur la veuë

Quand cet Aigle s'égare, ou tombe de la nuë ;

Dans cet amas d'objets , par son pinceau tracez

Sans crime quelques-uns peuvent être effacez.

A le suivre attentif sans marcher fur ses traces

Tu couvres ses deffauts , & conserves ses graces ;

Ta Muse de ses vers noblement imitez

Ne rend pas mots pour mots, mais beautez pour **beautez,**

Et ton art merveilleux que la raison gouverne

Ajoûte à l'air antique une grace moderne.

C'est ainsi que tu sçais justifier le choix

Du corps qui pour son chef a le plus grand des Rois ;

Des membres dont tu suis les illustres vestiges ,

Tes vers font refleurir les immortelles tiges ,

Et dans ce champ toûjours si fecond en lauriers

Les derniers fur ton front égalent les premiers.

Ne t'étonne donc pas si l'Envie à l'œil sombre
S'efforce de couvrir ta gloire de son ombre ,
Et souffre que les fruits de tes doctes travaux
Te fassent des jaloux en passant tes rivaux.

L'entestement du Grec dans nos jours exagere
Les tresors renfermez dans la langue d'Homere ,
On veut persuader qu'on voit en ses écrits
Des traits dont le vulgaire ignore le vrai prix ;
Ils ont mille beautez , sans peine je l'avouë ;
Mais ce n'est pas l'auteur , c'est soi-même qu'on loüe;
La verité se cherche en cet éloge outré
Qui fait souvent d'un mot un mistere sacré ,
L'amour propre seduit , nous fait prendre le change ,
Il recherche en loüant l'honneur de la loüange ,
Et de l'encens subtil prodigué pour autrui
La flatteuse vapeur retourne toute à lui.

Ne crains pas que , railleur , dans ces rimes je blesse
Un vray sçavant chargé des dépouilles de Grece ,
Ou qui de l'Italie enlevant le butin
A nourry son esprit de tout le suc latin :
Non je sçais respecter la Critique éclairée
Qui dévoile au public une langue ignorée ;

Mais je ne puis souffrir le caprice orgueilleux
De cent novices grecs, sur tes vers, pointilleux ;
Laisse-les discourir, & ri de leur censure,
La loüange plaît mieux, mêlée à leur murmure,
Dans un accord de voix quelques tons de censeur
D'un concert éclattant relevent la douceur,
Et j'attends que bientôt quelque plume critique
D'un sel piquant rehausse une estime publique.

    Mais joüis cependant de ton docte travail
Qui d'immortelles fleurs a fait naître l'émail ;
Du beau monde tu rends la paresse sçavante ;
L'ombre du grand Homere en est reconnoissante,
La tige de lauriers dont son front est orné,
Pousse un verd rejetton, sur le tien couronné ;
Brillant à ses côtez d'un rayon de sa gloire
Ton nom dans l'avenir va suivre sa memoire.

    Reprends un peu d'haleine après ce grand effort ;
Prêt à te rembarquer en arrivant au port.
Pour un plus grand projet ta voix est reservée ;
Pour Louis, sur Achille elle s'est éprouvée :
Ton Prince dont l'estime assure les bienfaits
T'invite par les siens, à chanter ses hauts faits ;

Et t'anime à tracer le portrait veritable

D'un Heros plus parfait que tous ceux de la fable.

Entre dans la carriere où cent fameux esprits

Ont du Poëme épique envain couru le prix,

Et d'une autre Iliade illustrant ta patrie

Repare le deffaut dont sa gloire est flêtrie.

En tout genre d'écrits ses immortels enfants

Ont couronné leur front de lauriers triomphants;

Au siecle de Louis ajoûte encor ce lustre,

Par un concours heureux tout rend son regne illustre;

En durée, en esprits, en gloire sans égal,

D'Homere ou de Virgile, il lui manque un rival.

C'est à toi de montrer que la France surpasse

Le climat honoré, d'avoir porté le Tasse.

Anime donc ta Muse, aux heroïques sons;

Tente le grand tableau du Heros des Bourbons,

Et laisse à nos neveux, sa riche image ornée

De la pourpre d'Achille & de tout l'or d'Enée.

Pour moi qui jeune encore au Parnasse autrefois

Par d'heureux coups d'essai fis entendre ma voix,

Sentant éteindre en moi le beau feu qui t'inspire,

Je ne puis que te mettre entre les mains la lyre.

Puisse ce grain d'encens par tes vers merité
Joint avec eux, les suivre à la posterité,
Et rendant à ton nom un tribut legitime,
De ton admirateur, éterniser l'estime.

APPROBATION.

VEu par ordre de Monseigneur le Chancelier. A Paris, ce septiéme Mars 1714. Signé,

BURETTE.

A PARIS,
Chez DU PUIS, ruë Saint Jacques, à la Fontaine d'Or.
M. DCC. XIV.